KB080531

샘

이서윤 시집

가까운 풍경조차 보이지 않던
안개 자욱한 날처럼
이전에 겪어보지 못했던 자괴감과
상실감에 괴롭던 시간을 견뎌온 날들,
바람이 창문을 거세게 흔들던 날
입가에 퍼지던 잔잔한 미소를
되찾았던 순간을 생각하며

2024년
이서윤

차 례

● 시인의 말

제1부

제2부

제3부

제4부

제1부

투석

아주 오랫동안

발효될 것 같다던 그녀가

무정란의 시간을 걸러내기 시작했다

포도나무 줄기 같은 그녀가

복수 찬 배를 감싸고 병원으로 실려 갔다

갑작스런 남편의 죽음과

당뇨 합병증으로 사라지는 시력을 붙잡고

정제되지 못해 부은 발목을 보며

하루에도 수십 번,

죽음을 걸러내고 있다

얇게 퇴적되는 숨소리만 내뱉던 그녀가

허벅지와 목을 찢어 발효되지 못한 어둠을

탯줄처럼 연결된 호스를 통해

걸러내기 시작했다

피돌기 기계로 어둠처럼 가라앉은 정적을

그렇게 몇 시간 동안 걸러낸 후

아주 잠깐 안개 걷힌 오후 같다며

애써 미소 짓는 그녀 어깨너머로

석양이 물처럼 흐른다

허기진 하루가 병원 복도를 집어삼킬 때

정제되지 못한 어둠이

중환자실 창문을 더듬거리고 있다

숙성된 포도주처럼

아주 오랫동안 발효해야만 하는 그녀가

가지에 매달린 포도송이처럼

침상에 누워 피돌기를 하고 있다

개밥그릇

허기 한 줌 단단히 말아 쥔 늙은 개가
앞발을 턱에 괸 채
눈꺼풀과 사투를 벌인다
그르렁거리는 허기도
한껏 늘어진 채 빈 그릇과 사투를 벌이고 있다
밥이 담겨 있는 동안 보이지 않는
가로등 불빛이
빈 공간을 차갑게 빛을 발하듯
졸린 눈으로 파리가 달려들었지만
앞발을 턱에 괸 개는 움직이지 않고
빈 그릇에 허기만 깊어 간다
눈꺼풀과 사투를 벌이던 늙은 개가
늘어진 다리를 세우며 일어나
비어 있는 그릇 가장자리를 샅샅이 핥아
혀와 목구멍 속으로 밀어 넣는다
우렁차게 짖던 소리는
그릇 가장자리에 앉아 있는
빈 위장 속 허기를 노려보고 있다

한참을 울부짖던 허기는

찌그러진 그릇 가장자리를

빙빙 돌다 앞발을 턱에 괴고 누워버렸다

빈 그릇에 부딪혀 가늘게 떨리던

개의 울부짖음이 바닥으로 떨어졌다

장난감 수리공

집 근처에 장난감 수리공이 살았었는데
장난감이 망가지면 수리공한테 가져가곤 했었어
뭐든지 망가지면 가져갔었어
한번은 동생을 업고 가파른 육교를 건너다가 굴러떨어졌
는데
내 머리에선 피가 흘러내렸고
칭얼대던 동생이 칭얼대지 않았어
죽었던 거야
나는 장난감 수리공 집으로 갔어
석양을 받은 오두막은 자세히 보지 않으면
묘비라고 착각할 정도로 음산했어
난 동생을 수리해 달라고 했어
그 수리공은 느릿한 손놀림으로
동생의 몸을 정밀하게 분해하기 시작했어
과학 실험실에 있는 인체모형처럼
정수리부터 항문까지 신중하고 조심조심 ,
눅진한 뇌를 우뇌와 좌뇌로 나누더니
신경이 끊어지지 않게 끌어내고 피를 빼내고

소화 기관도 꺼내서 바다처럼 펼쳐 놓고

핀셋으로 순서대로 늘어놓는 걸 보다

잠을 잤는지 정신을 잃었었는지 한참 후,

장난감 수리공의 목소리에 정신이 들어 눈을 뜨고 동생을
보니

숨을 쉬면서 쌔근쌔근 자고 있는 거야

당연한 것처럼 말야

난 늘 선글라스를 끼고 다녀

실은 나도 장난감 수리공이 수리했거든

내가 정신을 잃은 사이에 수리했었나 봐

그런데 장난감 수리공이 만들어 준 위장 콘택트렌즈가

몇 년 전에 망가져서 낮에는 늘 선글라스를 끼고 다니지

난 장난감이거든,

혀

공장지대로 빠른 발걸음 옮기며

뿌연 입김 뱉는 저녁이 왔다

검붉은 연기 솟아오르는 굴뚝으로

한 남자가 들어섰다

남자의 어깨를 공포가 짓누를 때

남자의 입속에서 공포의 물방울이

종유석처럼 자랐다

석주처럼 굳어가던 남자

입속에 말아 올렸던 혀를 꺼내어

종유석 위에 펼쳐 놓았다

퉁퉁 불었던 혀가 꿈틀거리며 말을 밀어냈다

입에 갇혀 압도되었던 침묵들이

우르르 달려들어 펼쳐 놓았던 혀를

남자의 입 속으로 밀어 넣었다

혀를 깨문 남자의 입속에서

검붉은 피가 바닥으로 떨어져

남자의 발목을 적셨다

석순처럼 굳었던 말들이 모래처럼 쏟아졌다

현기증에 휘청거리던 남자가

홍건하게 고인 침묵을 밟고

저녁으로 걸어가고 있다

석순처럼 굳어가는 혀를 굴리며,

부고

당고개행 급행열차 안
인파 속을 헤집고 들려오는 음악 소리에
시선이 한곳으로 모아졌다
'여보세요?'
'돌아가셨어?'
소리 없이 들썩이는 남자의 어깨 위로
비듬이 하얗게 떨어진다

아주 오래전 겨울,
흰 눈처럼 휘날리던 통곡 소리가
전철 유리창을 타고 흘렀다
유난히 포근했던 날
상수리나무에 매달린 슬픔을 뒤로하고
발걸음 돌리던 머리 위로
한 무리의 기러기와
연기가 흩날렸었다

썰물처럼 빠져버린 바람처럼

전철 밖으로 빠져나가는 사람들 사이로
남자의 모습이 보였다
수없이 스치는 발자국과 생각들이
4호선 전철을 따라 산본역에 멈추었을 때
나는 아무렇지 않게 일상으로 돌아왔다
카페라테 한잔을 마시며,

11번 버스

매일 아침 새우젓을 머리에 이고
십일 번 버스 타는 할머니가 있다
브레이크를 밟을 때마다
붉은 양동이 안 새우젓이 출렁거렸다
녹슨 드럼통 안에 담겨 있는 새우젓도 출렁,
검버섯 핀 얼굴, 골 따라 밀려오는 파도가 하얗다
굽은 허리 의자에 내려놓고
새우젓 바라보던 할머니 입에서
파란 바닷물이 쏟아져
버스 바닥을 흥건하게 적셨다
바다가 된 버스가
바닷물에 잠겨 헤엄치고 있다
파도 소리에 놀란 할머니가
버스 바닥에 흥건하게 고인 새우를
갈퀴손으로 쓸어 담고 있다
할머니 손이 파도에 하얗게 변할 때
버스 지붕 위에 앉았던 갈매기가
할머니를 따라 제부도행 버스로 옮겨탔다

갯벌처럼 휑한 십일 번 버스가

빠르게 달리기 시작한다

오늘도 할머니 머리엔 제부항이

출렁거린다, 내 가슴처럼

개와 골목

바람이 뚝뚝 부러지는 오후
그림자 길게 드리운 골목에
늙은 개 한 마리가 졸고 있다
적막이 삼켜버린 골목 안
빛이 한 줌밖에 들어오지 않는 반지하 셋방
남자는 생활정보신문을 펼치며
담배를 입에 물었다
남자의 좁은 어깨 너머로 보이는 아내
표정 없이 앉아 통조림 마늘을 까고 있다
아내 등에 업혀 천진하게 웃는
아이의 검은 눈동자를 바라보다가
생활정보신문을 들고 집을 나섰다
컹컹컹, 개가 짖는다
닳아진 구두 뒤축을 끌며
검은 발자국을 밀고 가는 남자
바닥까지 처진 어깨를 추스르며
심장 헤집는 아이의 눈동자를 뒤로하고
늘어진 골목과

개의 그림자를 천천히 밀고 나갔다

햇살이 딱딱하게 굳은 오후

쓰디쓴 담배 연기만

허공 가르는 새의 뒤를 쫓는다

K

세상 부러울 것 없었던 K

공사판에 첫발을 들여놓은 것이

벌써 10년 전이다

수심 그득한 얼굴로 인력시장에 나타났던 K

질긴 삶의 끈을 놓으려 했던

K의 마지막 선택이었다

벽돌과 시멘트 무게에 엎어지기를 수십 번

현장에서 쩔쩔매던 그가

이제는 능숙하게

철근을 나르고 유로폼을 붙이고

스티로폼을 놓는다

자신의 옹이를 풀듯 깨고 이기고 붙이며

공사장을 누비며 섞여 든 K

굳은살 하나 없던 손은

거북이 등처럼 갈라졌다

상처투성이 손이 바쁘게 움직이던 한나절

초경 같은 단비가 내렸다

비 뿌리는 동안 일손 놓고 계단에 걸터앉은 K

달궈진 철근과 유로폼이 내뿜는 열기처럼

담배 연기를 내뿜고 있다

가슴에 품었던 한 장의 사진을 꺼내 들고

한참을 생각에 잠겼던 K

또 다른 담배를 입에 무는 K의 심장처럼

비에 젖은 콘크리트가 들썩거렸다

벽

이사 오면서 구석에 놓았던
시계를 걸기 위해 벽에 못을 박았다
너무 단단해서 꿈쩍하지 않는 벽을
망치로 힘껏 내리쳤다
중심을 잃어버린 힘이
안으로 들어가려는 못과
밀어내려는 벽 사이에서 휘청거렸다
망치로 벽을 내리치면 칠수록
더욱더 단단하게 움츠리는 벽에
수두 자국 같은 상처들이 생겼다
곰보가 되어 버린 벽과 굽은 못
팽팽한 긴장감에 숨이 막혔다
중심 잃었던 힘을 한곳에 모아
망치로 못을 내리쳤다
순간,
안으로 확 잡아당기는 벽
늪에 빠진 것처럼 못은 박혀
팽팽하던 힘의 균형은 깨졌다

삐딱하게 걸린 시계가

삐딱한 시선으로

삐딱한 시간을 말리고 있다

민달팽이

민달팽이 한 마리

더듬더듬 유리창을 기어간다

맨살로 유리창을 더듬으며

미끌미끌한 점액으로 전신을 감싸고

알몸으로 길 없는 길을 가고 있다

태양이 나뭇잎 사이로 언뜻언뜻 보일 때

끝이 보이지 않는 막막함에 포기하고 싶었는지

가던 걸음을 멈추고 허공을 더듬고 있다

기우뚱 내려앉는 하늘처럼

등에 짊어진 무게가 힘겨웠는지 세상에 던져주고

벗어도 입은 것 같은 무게로 느리게 기어간다

바람이 불자 방향을 잃은 듯

달팽이가 기우뚱거린다

암수한몸으로 시력 없는 촉각 세운 민달팽이,

패각 한 채 없이

무방비로 피부를 열어 놓은 채

강렬하게 내리쬐는 태양을 업고

길 없는 길에 바스러지며 기어가던 달팽이,

비 내리는 날이면 습관처럼 창을 더듬게 된다

잔등밭

잔등밭 태우던 불길에
송홧가루 채집하던 시간이 타버렸다
거멓게 웅크린 상여막 어둠이
빨갛게 타오르던 날
상여막 삼킨 불길은 하늘을 빙빙 맴돌아
산을 밟고 넘어가던 구름도 태웠다
음산하게 차오르던
긴 그림자 등에 짊어지고
검은 재 뒤집어쓴 채
들깨 모종하시던 어머니 어깨 위로
툭툭 떨어지던 송홧가루
머리 그슬린 냄새가 콧속에 박혀
타버린 머리카락처럼 오글오글했다
구불구불한 산길 내려오던 어머니와
내 발등에 검은 시간들이 노랗게 쏟아졌다
타버린 무덤 사이
장승처럼 서 있는 나무들과
하늘을 긋고 가는 새 떼들 사이

검게 그을린 노을을 보며 산길 내려올 때
까마귀 소리가 비명처럼 들렸다
누군가 따라오는 것 같아 뒤돌아보면
산 그림자, 슬며시 따라붙곤 했다
흉터처럼 검댕을 묻히고 사는 내게
검은 바람이 스치운다

이장님과 불모도

가을 적시는 비를 가르며
설렘 안고 새벽 기차에 몸을 싣는다
적막한 어둠 사이로 이따금씩 들리는
웃음소리를 자장가 삼아 도착한 대천항,
초경의 비릿한 냄새처럼
두근거림은 항구를 날아다니고
생선 손질하는 할머니 손등에 묻은
비늘을 쪼아먹는 갈매기들 사이
우린 바람처럼 서성였다
계절 옮기는 배에 몸을 싣고
두려움을 숨긴 채
바다를 가르며 도착한 불모도,
하얀 미소 머금고 달려온 이장님의 반가움과
검은 진주 홍합에 취해
바닷물이 발목을 적시는 줄도 몰랐네
구름 사이 빼꼼히 나온 햇살을 가슴에 안고
백사장에 누워 사랑을 속삭이면
살포시 안아주는 불모도,

풀어내지 못한 아픔을 털어내려고

불모도 방황하는 이장님과 다음을 기약하며

잊지 못할 추억 선사해 준 친구에게

감사함을 전한다

개병이

더벅머리에 팔자걸음으로

그림자 길게 흐르던 누런 코흘쩍이며

밤낮없이 동네 누비던 개병이란 아이가 있었지

새벽안개 채 걷히기도 전에

누렁이처럼 동네 한 바퀴 돌며

동네 소식을 다 꿰고 있었어

등굣길에도 어김없이 나타났지만

웬일인지 개병이는 학교를 다니지 않았지

수업 중 무심코 운동장을 보면

뙤약볕에 선 채 하늘 올려 보며

쉼 없이 말을 하고 나면 늘 비가 오곤 했어

보리빵 급식이 나오는 날

한 덩이 잘라주면

동네 한 바퀴 휘감을 것 같은

누런 코흘쩍이며 먹었지

방과 후 동네 어귀 고목나무 아래서

옹기종기 모여 놀 때도

늘 두 걸음 뒤에 앉아 있었는데

장난꾸러기들이 놀려도 히죽였지
그러다 그림자 길게 드리우던 어느 날
하루에도 수십 번 드나들던 골목에
그림자 같은 검정 고무신 한 짝만 남기고
태양 속으로 걸어가던 그날,
개병이네 굴뚝만 연기가 피어나질 않았지

제2부

검은 고양이

검은 고양이 한 마리

새벽을 찢고 있다

꿈뻑이는 가로등을 할퀴며

어슬렁거리던 고양이가

날 세운 발톱으로 비닐을 찢고

빈 병과 빈 깡통을 날카롭게 쏟아 내고 있다

너덜해진 봉투에서 날카롭게 쏟아지던

햇살에 놀란 고양이가

몸의 털을 바짝 세웠다

요란하게 구르는 소리를 쫓아가던

고양이가 잽싸게 뛰어

꽁치통조림 깡통에 올라타고는

한바탕 원통 굴리기를 한다

흔들리는 새벽, 골목이 흔들릴 때

꽁치 한 조각을 입에 물고

어스름한 골목 안으로

의기양양 사라지고 있다

발톱에 찢겨진 너덜한 새벽을

봉숭아 꽃물처럼 붉게 물들이고 있다

검은 고양이

오늘도 마른 새벽을 갈가리 찢고 있다

그녀

그녀

그녀가 왔습니다

철 지난 외투 주머니에서

발견된 메모지처럼

도무지 생각나진 않지만

불현듯

아주 낯익은 거리를

말없이 서성이고 있는 그녀가

구불구불한 계단을

한참 거슬러 올라가

작은 바위 귀퉁이

들풀로 핀 내 콧등에

살포시 내려앉은 시간을

물끄러미 바라봅니다

기억의 시간 더듬어

뒤돌아보는 사이

억겁의 생이 흘러

내 시야에서 사라졌던 그녀가

아지랑이처럼

너울너울 춤추며 달려옵니다

그해 겨울

눈이 와

춥고 서먹한 바람이 몹시 불던

그해 겨울처럼

추녀 끝에 매달린 햇살 쪼아대던

참새도 보이지 않고

나무들의 곱은 손으로

들녘 한기 부비던 그날도

끝없이 내렸어, 눈이

생솔가지 꺾어

추녀 끝에 매달린 고드름 털어

서편 하늘

검붉은 노을에 걸어 놓고

꽁꽁 언 논과 개울에서 썰매 타다가

얼음 박힌 딱딱한 발 끌고 집에 오면

가짓대 삶은 물에

손발 적셔 주곤 했던 어머니가

그해, 칼바람 견디며 흩어지던

눈이 되셨지

눈이 와

그해 겨울처럼

외로움

지하도 계단 오르던 여자가

알 수 없는 냄새에

걸음을 멈추고 킁킁거리고 있다

온 정신을 가득 채운 미세한 냄새의 원자를

단 한 방울도 남기고 싶지 않아

여자는 모든 방의 빗장을 풀었다

알레르기처럼 부풀어 오른 냄새를

밀랍으로 봉인하듯

여자는 눈살을 오므려 잡고

깊은 호흡을 했다

메스꺼운 속을 진정하려고

숨을 멈추면서 냄새를 깊이 들이마셨다가

마치 길고 평평한 계단을 미끄러져 내려가듯

숨을 내뱉었다

옅어진 냄새가 바람과 하나가 되어

향수처럼 퍼져 나갔다

시시때때로 냄새에 시달려야 했던 여자

노을처럼 빨갛게 타올랐다

여자는 거대한 냄새의 폐허 속을 뒤지듯

마른 새우처럼 우둥거리다 잠을 청하곤 했다

냄새에 잠겨 꺼져가는 여자

오늘도 눈살 오므려 잡고

계단을 오르고 있다

이별

삭풍 몰아치는 날

새끼줄 허리춤에 차고

이 빠진 낫 들고 뒷산 올라

마른 삭정이 잘라 얼기설기 묶어

허리 휘어지도록 이고 지고 오셨던 어머니

타닥타닥 마른 비명 지르며

사그라들던 삭정이가

충혈된 눈 비비며 흩어지면

군불 지피시던 어머니는

매캐함 때문인지

연신 눈가 훔치셨지

녹음 우거지던 머리카락 쓸어 올릴 때

밭이랑 같은 주름 속에 숨겨진

여섯 송이 저승꽃

활처럼 굽어진 육신 펴지 못한 채

처마 끝 고드름처럼 툭 떨어져

서러움은 강이 되었지

묘적사

굽이굽이 휘어진 산길 따라
안으로 안으로 걸어가면
따스한 햇살들이 옹기종기
모여 앉아 있는 묘적사
마당 한켠에 놓인 작은 연못엔
식은 바람이 모여
얼음꽃 한 무더기로 피었네
고즈넉한 산사
시간의 흐름이 멈춘 듯
누렇게 익은 감과 은행들만
바람과 다정히 속삭이고
가슴 한켠 자리했던
아픈 사랑 살포시 꺼내어
은행나무 가지에 걸어 놓고
님의 따스한 손 잡는다
그대 넓은 가슴에 포근히 안겨
세상 근심 내려놓고 잠든 겨울

홍게

바람 부는 날
나무 밑 담벼락 아래 우글거리는 홍게들,
사람들 발에 밟히고 타이어에 눌린 채
아우성치다가
힘겹게 아스팔트 위로 솟아오르려 하고 있다
아스팔트와 마찰할 때마다
구겨진 깡통 뚜껑들이
검푸른 가장자리 잎을 물었다 놓으면
잎맥에선 쇳소리가 들린다
젊음 물들였던 시간들이 붉은 녹으로 부서져
쓰레기와 뒤섞여 담을 기어오를 듯
우글거리고 있다, 청춘처럼

수종사

남양주 산허리 휘돌아
숨 고르며 오른 수종사
어머니 품속처럼 아늑하다
굽이굽이 뻗은 산길 아래
유유히 흐르는 두물머리
사람들 근심과 아픔 안고
합장하듯 말없이 흐를 때
가지가지마다
누렇게 농익어 매달린
오백 년 눈물들이
미소 지으며 떨어진다
세상 근심 짊어지고 올라와
돌계단 틈에 끼워 놓고 다원에 앉아
붉게 익어가는 인연처럼
시간 가는 줄도 모르고,

봄의 환

햇살은 따사로운데

바람이 심하게 불던 날

들녘으로 나갔었지

양지바른 산자락에

빼꼼히 얼굴 내민 달래와

수줍은 냉이가 속삭이고 있었어

살짝 토라진 흙 비집고 나온

한 움큼의 쑥과 냉이 사이로

철부지 아이처럼 뛰노는 씀바귀,

바쁜 마음에 호미로 밀어 올릴 때

아쉬워하던 바람이

내 치마 속으로 숨어들었어

나는 너무 놀라서 엉덩방아를 찧었는데

소쿠리에 담겨 있던 봄이

박새처럼 까르르 웃는 거야

얼마나 시간이 흘렀을까

쑥버무리 먹고 있을 때

매캐함 안고 어머니 친구분이 오셨어

머리 시커멓게 그을린 햇살이

아름드리 상수리나무와 소나무에

검게 그을린 햇살이 걸려 있는 오후였어

치자나무

사무실 입구에 놓인

키 작은 치자나무 화분

오갈병에 걸렸는지

어깨와 팔이 늘어져 있다

오글오글한 이파리도 시들어갔다.

영양제를 뿌려 주니

마른 뿌리와 눈만 그렁그렁 젖을 뿐

야윈 몸을 추스르지 못해

앉은뱅이책상 옆에 바짝 붙여 놓고

하루에도 수십번씩 눈길을 주었더니

생기 돌아 노란 꽃을 피웠다

쪼그려 앉아 한참을 바라보다

나도 시들고 있었구나,

피워야 할 봉오리가 너무도 많아

울컥울컥 목구멍 타고 올라와 터진

한 송이 치자꽃이

시든 날들을 툭 떨군다

꽃 필 기미도 보이지 않던 내게

봄물이 오른다

그리움

그리움이 어디

벤치 위에 떨어지는 낙엽뿐이랴

시퍼렇게 질린 가로수 입술에도

아이가 먹다 버린 과자 봉투 속에도

창틈으로 스미는 바람에도

내 한숨 속에도

갈라진 논바닥처럼

찢긴 마음에 스며든 빗물처럼 그득하다

살포시 감은 그리움이 파르르 떨다

툭 떨어진다

한쪽 가슴에 자란 물컹한 그리움이

딱딱해질수록 시들어가는 계절

햇살이 안개 밀어내듯

한여름 쏟아지는 소나기처럼

이 그리움을 보내려 한다

분꽃 지던 날

처마 끝 돌담 아래

흐드러지게 핀 분꽃,

앵두나무 밑동에서

윤기 없는 바람은 손사래를 치고

핏기 잃은 쭈글한 얼굴

여름 햇살에 안겨 울던 너,

가쁜 숨 몰아쉬며

아름다운 자태를 한껏 뽐내며

시간을 되뇌고 있구나

다비식 끝내고

우수수 바스러지는 몸,

사그라들지 않는 슬픔에

울컥울컥 쏟아 놓는

붉은 그림자

씨앗이 바닥에 나뒹굴던 날

어스름 깔리는 안개처럼

바람에 풀썩 날리며

긴 여행을 떠나는 어머니,

궁들에 가면

궁들 백사장에
노을이 툭~ 떨어져
푸른 해송을 한입에 삼키면
백사장 철망에 찔리어
붉은 안개비 내린다
모래에 알알이 박혀 있던
한이 되살아나 통곡하면
시멘트벽 사방에 박혀 있던
어린 영혼들은
푸른 해송에 연처럼 걸려
백사장을 서성인다
갈매기 먼 길 채근하면
바다는 어느새 썰물이 되어 떠나고
낙조는
울지 못하는 엄마들의 마음이다

제3부

샴

너의 음성이 들렸을 때

너의 그림자는 나의 머리를 덮치기 시작했다

날카로운 발톱으로 나의 심장을 움켜잡는 듯한

너의 공포가 나의 온몸을 습격했다

검붉은 선혈이 뚝뚝 떨어져

나의 두려움은 붉게 물들었다

아련한 나의 기억 속에서 되살아난 기시감,

거대한 동굴에 너는 홀로 서 있다

끝없는 어둠이 깔린 공포, 그것은 생명이며 죽음이다

우리는 완벽한 어둠 속에 갇혀 있는 의식을 붙잡은 채

초록빛이 감도는 붉은 잔상을 찾아

어둠 속으로 빨려 들어가고 있다

치켜뜨고 있는 너의 눈동자 속에는

가슴 찢는 공포만 구더기처럼 들끓고,

뼈가 부러지는 고통은 너를 통해 느낄 수 있었다

우리의 시간은 이미 얼어붙었다

시간이 흘러가며 너의 공포는 거대하게 부풀어 오르고

등줄기에 싸늘한 오한은 맺혔다

너는 마치 먹물이라도 뿌린 것처럼
더욱 짙은 그림자를 떨구고 있다
농밀한 암흑 바닥에서 쓰레기가 썩는 듯한
부패한 냄새가 떠다니고 있다
숨구멍이 막힐 정도로 강력하고 생생했다
그것은 생명의 냄새이며, 동시에
죽음의 냄새이기도 했다

가장 논리적인 여자

이것은 절대 있을 수 없는 일이다
어느 때처럼 침대에 누워 있다
창밖에는 푸른 보름달이 떠 있고
어슴푸레한 기운이 사방을 둘러싸고 있을 때
등뼈가 뒤틀리는 아픔이 왔다
마치 무덤에서 걸어 나오는 과거처럼
절대 있을 수 없는 일이 일어났다
몸에서 가슴이 사라지고
잘려 나간 자궁 속 태아가 배를 찢고
천천히 걸어 나왔지만 죽은 태아를 잡고 울지 않고
나무에 매달고 뜯어 먹는다
눈을 감고 몸을 더듬어 보았다
허리가 굽고, 털이 돋아나고
귀는 뾰족하게 위로 올라오고
짐승처럼 길고 날카로운 이빨은
계속 자라고 있다
절대 있을 수 없는 푸른 달이 떠오르자
세차게 몰아치던 폭풍우는 소멸하고

태양 속으로 비는 눈처럼 쌓였다

늑대 울음 같은 소리를 지르는 것은

몸에서 빨갛게 타오르는 불꽃 때문이다

참으로 이상한 것은 지금 일어나는 일이

결코, 사실일 리가 없다는 것을

내가 뻔히 알고 있다는 것이다

이것은 비논리적인 일이고 이성에 반하는 것이다

봉분처럼 파헤쳐진 자궁을 품고 있지만

나는 세상에서 가장 강한 어미이고

이 세상에서 가장 논리적인 여자다

기묘한 소리

컴컴하고 비좁은 선실에서 죽어가던
퀸 베리호 선원들이 부르는 노래가
오랫동안 지는 해를 바라보고 있다
벽면에 긁힌 손톱자국처럼
귓속을 집요하게 파고드는 기묘한 소리가
나의 의식을 헤집었다
소리 없는 안광들이 번쩍이듯
천상에서 들려오는 별들의 속삭임처럼
해안가 모래밭에 녹물이 말라붙은 폐선에
엉겨 붙은 날카로운 비명들은
붉은 선으로 그어지고 있다
배의 목재가 뒤틀리고 꺾이는 소리와
쇠가 부딪히는 소리가 세이렌의 노래처럼
수면 위를 날카롭게 떠돌고 있다
폭풍우는 멈추었고 석양의 파도는 잔잔하다
거대한 무척추동물의 자궁 속에 들어온 듯
층층이 돋아난 수십 개의 송곳니를
허공에 박아 넣고

피를 빨아들이고 있는 퀸 베리호,

천상에서 들려오는 별들의 속삭임과

연인들의 달콤한 키스에,

석양은 바다를 하얗게 물들이고 있다

퀸 베리호의 붉은 손톱은

아주 오래도록 깊은 망각 속으로 빠져들었다

라만고

라만고*
활화산 속 너를 불러냈기에
너는 굶주린 사신의 눈빛으로
날카롭게 나를 노려보고 있다
라만고
나는 너에게 수도 없이 난자되어
온몸이 뜨겁다.
나는 불덩이고 너는 날카로움이다
섬뜩한 통증만을 바라보던 너의 손톱이
두피를 파고들더니
어느새 나의 눈알을 붉게 물들였다
라만고
찢긴 상처마다 쏟아져 나오는 용암 덩어리들이
나의 눈알과
나의 시간을 태웠기에
내 삶은 온통 어둠뿐이었고,
낫처럼 흰 너의 손톱이
나의 성대를 잘랐을 때

거미줄처럼 뒤엉킨 삶은

단말마 같은 한숨조차 식어버렸다

라만고

나는 너의 손톱을 건너

너의 지옥을 지나

나의 영토로 돌아갈 수가 없다

라만고

검붉은 피가 느릿느릿 배어 나오는 손끝에서,

어둠을 갉아먹는 나를 보았다

* 라만고 : 뉴질랜드 원주민 부락에서 왕족의 손톱을 먹는 직책, 내 손톱을
먹는 영적인 자아.

목성의 눈물

목성이 나에게 말을 걸어오고 있다
심장이 뛰듯 주기적으로 내뿜는 파장,
수축 성장을 되풀이하는 맥동성도 아닌데
어찌하여 펄사를 내뿜고 있을까
날카로운 소리에 대기가 흔들렸을 때
얼음의 균열이 소름 끼치도록 아름다웠다
소행성이 날아와 몸에 박힐 때면
고통에 아파하면서도 불타 먼지가 되는 소행성을 보며
한없이 눈물을 흘리곤 했다
목성의 전자기장이 거대하게 폭발해
펄떡이던 심장이 터지는 것처럼
사방으로 소행성의 길고 지루한 여정이 튀었다
목성은 눈도 없고 팔도 없고 다리도 없고
추억마저 갖고 있지 않다
거대한 목성의 눈, 대적반이 소용돌이치자
붉은 눈물이 아래로 흘렀다
노랗거나 하얗거나 한 거대한 행성은 묵묵히 회전했다
언젠가 내가 행성 안에서 태어날 수 있도록

스스로를 바꾸고 있는 것인지도 모른다

구름이 걷히고 목성의 표면에 불던 바람이 약해져

파동 횟수가 줄어든 기분이 들었다

작렬하는 대기와 냉점에 가까운 기온

끝없이 소용돌이치는,

죽음의 바다만으로 이루어진 행성

목성의 대적반이 분열되기 시작했다

소름 끼치도록 아름다웠던 추억은 사라지고

펄사를 따라 두근거리던 심장과 붉은 눈물도 멈추었다

나쁜 남자

어두운 욕망에 이끌린 남자가 있다

뾰족한 턱선에 짧은 머리를 하고

검은자위만 있는 눈을 가진 남자,

초저녁부터 누웠으나 잠은 오지 않았고

머릿속엔 온통 그녀에 대한

많은 생각들만 소란을 피우고 있었다

건조한 바람이 휘몰아치던 어느 날

남자는 여자를 납치했다

자신의 정체를 숨긴 채

길들지 않은 난폭함으로 거울 속 밀실에 가둬 놓고

여자를 사육하기 시작했다

남자는 치욕과 공포에 찌들어 가는

여자의 내장을 모조리 제거하고

자신이 원하는 부품들로 여자의 몸을 채웠다

유방과 자궁은 모두 도려내져 텅 비었고

팔은 온데간데없고 다리는 무릎 바로 위에서 잘렸다

여자의 상반신을 타고 흐르던 핏줄기가

거울 속을 온통 빨갛게 물들였을 때

환한 미소를 짓고 있는 남자였다

인형처럼 사육당한 여자를 보다가

이전에 겪어보지 못한 자괴감을 느꼈다

바람이 창문을 거세게 흔들던 날

남자는 여자를 다른 남자에게 팔았다

우윳빛 장막을 친 것처럼

가까운 풍경조차도 보이지 않는 안개 자욱한 날

남자는 또 다른 여자를 바라보고 있다

검은 구두

한쪽 다리 절며

달팽이처럼 기어가던 남자가

사거리 횡단보도에 쓰러져

사람들 시선을 붙잡고 있다

흘러나온 뇌가 피고인 웅덩이에

검은 구두처럼 반쯤 걸려 있다

자신의 몸 퍼즐 맞추는 구급대원을 보는 듯

일그러진 채

반쯤 튕겨져 나온 눈이 불빛에 반짝였다

옥죄던 끈 풀어 놓고

옆으로 누워 있는 구두처럼

박제되고 있는 남자,

흥건하게 고였던 피가

잿빛 아스팔트 표면을 말리고 있다

구두끈에 매달렸던 사람들

시선과 저녁을 밀어내던 구두 밑창 사이로

덜컹대던 사내의 삶이 빠져나갈 때

스키드마크 위에 흩어진 유리 파편을 밟고

구급차가 급하게 떠났다

구급차 경적을 마신 공기는 차갑고 쓸쓸하다

한 무리의 바람이 불어와

잿빛 아스팔트 말리던 피가 흔들렸다

너덜너덜 매달린 반투명 유리 파편처럼

화석이 된 남자가 허공을 꽉 붙들고 있다

물컹거리는 어둠에 살 맞대

반쯤 벗겨진 검은 구두

돌아누웠다

검은 달

삶과 죽음의 경계에 서서

붉은 지장을 찍고 갱도로 들어서는 남자

탄가루가 굳은 폐를

착암기로 뚫으며 갱도 안으로 들어섰다

탄가루 마시며 갱도 뚫던 남자가

가쁜 숨을 몰아쉬며 앉아 있다

지하의 열기 머금은 침목들이 헐떡일 때

익숙한 공포가 궤도를 따라 들어왔다

새파랗게 날 세운 공포가

어둠의 깃 한쪽을 허물어 궤도 위로 흩뿌렸다

달빛처럼 차가운 정적에

걸터앉았던 궤도가 검붉게 녹이 슬었다

부푼 남자의 폐처럼

갱도 더듬는 착암기 소리가 메아리처럼 울릴 때

남자는 검게 부푼 폐를 꺼내

컨베이어 벨트에 올려놓았다

석탄처럼 굳어가는 남자의 폐가

조금씩 줄어오면

가쁜 숨 몰아쉬던

남자의 갱 속엔 검은 바람이 인다

8호실

거대한 눈물처럼

지상으로 떨어지는 딱딱한 저녁

건조한 바람 이끌고 온 어둠이

성모병원 장례식장 복도에 서성이고 있다

죽음을 아득하게 쓸어내는 울음소리만

점선처럼 퍼지는 밤,

검푸르게 빛나던 어둠이

창틈을 후비고 들어와

환한 미소에 아득하게 매달려 있다

흔들리는 몸뚱이 가누지 못하고

촛불처럼 흔들리는 푸념 소리는

텅 빈 입속같이 눅눅하고

텅 빈 귀속같이 먹먹하게

천천히 관 속으로 스며든다

마른 잎 하나 간신히 매달린 허기진 하루가

골목을 어둑어둑 집어삼키면

바람의 묵직한 발자국은

길게 내려왔던 햇살을 사려 감는다

산그늘에 내리는 어둠 같은 워낭소리에

털 빠진 개 한 마리

장례식장 주변을 어슬렁거리고 있다

얇은 햇볕 한 벌을 걸치고

향기의 법칙

가슴이 불안으로 쿵쿵 뛰었다

그는 본인의 의지가 아닌 강력한 힘에 이끌려

소녀를 바라보고 있었고

감각의 혼란은 오래 지속되지 않았다

소유하고 싶은 욕망에 소녀의 목을 조르며

그녀의 향기를 모조리 들이마셨다

자신의 몸을 완전히 채우고 나서

내부에 있는 모든 방의 빗장을 질렀다

그는 자신이 기억해 둔 거대한 냄새의 폐허를 뒤져

수백만 가지의 냄새 조각들을

체계적인 질서에 따라 배열했다

좋은 냄새는 좋은 냄새끼리

나쁜 냄새는 나쁜 냄새끼리

일주일 동안 더 세분화하고 체계를 세우며

건물을 짓기 시작했다

내부에서 알레르기 반응처럼 고통이 부풀어 올라

밀랍으로 봉인하듯이 그를 꽉 채우고서

마침내 고통에서 해방시켜 주었다

창문을 열자 그의 몸이 무릎까지 저녁노을에 잠겨
마치 꺼져가는 횃불처럼 타올랐다
돌풍이 비늘처럼 강 표면에 몰아쳐
마치 거대한 어떤 손이 수면 위로
수백만 개의 금화를 흩뿌린 듯이 반짝이고 있었다
그의 심장은 자줏빛 성이었다

회다지

칠성판 위
두 주먹 꼭 움켜쥔 남자가 누워 있다
석주처럼 굳은 그의 사지와 관절을 풀어
시멘트처럼 엉겨 붙은 그의 삶과
손바닥에 박혀 있는 굳은살을
쑥 삶은 물로 씻기고 있다
뙤약볕에 말라가는 녹슨 못처럼
헐렁하게 움켜쥐었던 육십 년,
한 숟갈의 쌀과 동전으로 허기 달래며
남겨진 아픔과 육신을 조발 낭에 담고
차디찬 어둠 속으로 무거운 걸음을 옮긴다
실낱같은 목숨 줄 놓지 않으려고
발버둥 치며 움켜쥐었던 허공,
검은 바람에 날리는 워낭소리를 들으며
들 끈을 꼭 잡은 채 내광으로 꺼져간다
남겨진 아픔에 머뭇거렸을 그가
차디찬 침묵 사이 마침표를 찍고
고단했던 손금을 회다지로 메우고 있다

제4부

또다시 기다리며

지는 해를 등지고 서서
그대를 기다립니다
당신 기다리는 시간이
그림자처럼 점점 작아질수록 불안함에
나는 미쳐가고 있습니다
울컥울컥 치미는 내 설움에
달빛을 발로 걷어차며
화풀이도 해보지만
미련한 짓이란 것을 알고 있습니다
쓸쓸하고 허전한 마음과
초췌한 몰골로
오지 않는 그대를 기다리며
밤길 서성이는 것이 내 일상이 되었지만
행여나 이 기다림이 내 욕심과 집착일지라도
계절이 오고 가고
해와 달이 뜨고 지는 것처럼
영원히 기억하고 싶습니다
이 기다림의 시간을 이제는 그만,

멈추고 싶습니다

환지통

커피숍 간판 가리다 잘려진 나무가
울퉁불퉁한 전기 톱날 자국에
심한 경련을 일으키고 있다
짓이겨지듯 아픈 나무,
팔 없는 소맷자락을
주머니에 넣고 이지러진 얼굴로
멍하니 허공을 삭히고 있다
방향 잃은 순간들이 떨어질 때
그 아찔하던 찰나도 잠시
잘린 사지의 감각을 저리저리 느끼며
커피숍 앞에 내팽개쳐져 있다
기억을 더듬어
빈 소맷자락 펄럭이던 나무가
잘려 나간 실핏줄을 찾으려는 듯
허공 더듬는 오후,

구룡산을 거닐며

굵은 땀방울 뚝뚝 흐르던 날
먼지 일으키며 거니는 산길,
빼곡하게 자란 소나무가
초연히 서서 하늘을 들고
시체처럼 널브러진 나무,
해지는 저녁이면
군불 지피시던 어머니
덜 마른 청솔가지가 뿜어내는
연기 속에 앉아 연신 눈물 훔치며
소 죽을 끓이시곤 했었지
내 발자국 따라오던 바람이
산자락 한켠에 놓인
이장 공고 팻말에 걸터앉아
내게 속삭이고 있어, 반갑다고

5월 21일

봉숭아꽃은 수줍게 웃고

풀 먹인 이불 홑청은

빳빳하게 날리고 있다

휘어진 줄 잡고 있는 바지랑대에

잠자리 한 마리 슬며시 앉았다

왜 이리 자주 안 오냐며 덥석 손을 잡고

툇마루에 앉아 손재봉틀 돌리며

봉숭아꽃처럼 웃으시는 어머니다

텅 빈 마음처럼 쏟아지는 비를 따라 들어선 집

비바람에 흔들리는 빈 마당이

봉숭아 꽃잎으로 꽉 채워졌지만

울적한 마음을 가눌 수가 없다

촛불이 어둠을 한 겹 벗길 즈음

사진 속 어머니 닮은 뻐꾸기시계가

말없이 나왔다 들어간다

비를 견디던 봉숭아 꽃잎처럼

지방 쓰던 내 손이 살짝 흔들렸다

봉숭아 꽃잎 흩날리며 돌아오는 길에

창문으로 모여든 어둠을 끌며

손재봉틀처럼 굴러가는 빗방울 소리만 아득했다

너를 기다리며

풀벌레 속삭이는 저녁
어둠 한 자락을 부여잡고 너를 기다린다
시간이 지날수록 너의 웃는 모습은
더욱더 선명하게 다가온다
기다리는 시간이 길어질수록
마음은 공허함으로 가득하고
믿음은 그 무엇으로도
채울 수 없는 지경이 되었다
이렇게 나를 소멸시키며
너를 기다리는 게 집착인지도 모르겠지만
그리움에 마음을 베어 피가 흘러도
그 베인 마음으로
또다시 너를 기다리고 있다
이 멈출 수 없는 기다림은
이미 수습 불가능이지만
기다림을 결코 멈추지 못할 것 같다
기다림에 울다 지쳐 눈물이 말라도
식은 달빛이 따가운 햇빛으로 바뀌어도,

너는 결코 오지 않을 것을 알지만

그래도 나는 또 기다릴 것이다

내 그리움은 끝이 없으므로

삐걱거리는 날

볕이 좋은 날이었다
삐걱거리는 의자에
삐걱거리는 여자가 앉아 있었다
칼끝 간 뾰족한 시선이
삐걱거리는 여자의 등을
마구 찔러대고 있었지만
여자는 알지 못했다
일몰처럼 지친 여자는
삐걱거리는 눈으로
갈치 속젓처럼 헤진 손으로
생선 토막 내는 할머니를 보고 있다
주름 깊은 손마디에 고인 햇살처럼
손마디 주름이 헐거워지던 오후
석양은 삐걱거리며 왔다
도마 위에서 삐걱거리던 생선 눈알이
보도블록으로 튕겨져 나와
삐걱거리듯 사방을 둘러보다
허물 벗은 뱀처럼 곡선을 그리며

보도블록 틈으로 굴러가고 있다

삐걱거리는 여자의 시선을 붙잡은 채,

삐걱거리는 오후가 굴러가고 있다

담쟁이

투둑투둑
움츠렸던 대지가 조심스럽게
기지개를 켜면
턱까지 차오른 울음이
딱딱한 햇살을 잘게 부순다
채워지지 않는 허기는
논바닥처럼 갈라진 마음에
씨앗을 품고 천천히 내려앉아
운명의 끈을 잘라내지 못한
비통한 시간을 품고
회색빛 담벼락에
파고든 담쟁이는
거꾸로 매달린 내 시간을
응시하며 햇살 속으로 파고든다

시 한 줄 쓰려고

시 한 줄 쓰려고

어둠 속에 앉아 사념을 흘리네

시 한 줄 쓰려고

끝없이 생각에 잠기네

시 한 줄 쓰려고

봄으로 한 발을 내밀어 보네

시 한 줄 쓰려고

어항 속 금붕어를 굶기네

시 한 줄 쓰려고

시계태엽을 거꾸로 돌리네

시 한 줄 쓰려고

오래된 사랑을 찢어 버렸네

난 오늘도

시 한 줄 쓰려고 수많은 살인을 하네

오이도 인다바

눈동자 풀어진 바람이
외로움 날라오는 인다바,
생의 에너지 수혈해 주던 바다는
쭈글쭈글한 육신으로 남아
흐느적거리고
늦은 오후
갈매기 한 마리가
툭~떨궈 놓은 석양은
펄에 새겨진 문신 지우듯
삶을 하나둘 지워가고
검은 바다 한 숨소리
웅성거리며 달려오는 밀물에
휘청거리는 인다바,
검붉은 석양에 녹아버린 오이도엔
썰물 같은 어둠만 우글거린다

음 이탈

음계를 놓친 피아노처럼

여름은 처서에 밀리고

파도는 바람에 밀리고

오후는 저녁에 밀려간다

어둠 속에서 한 줄의 소식이 오면

햇살은 가을을 슬그머니 내려놓고

긴 저녁과

긴 세월을

절절히 끓는 목소리로

서늘하게 뱉곤 한다

잃어버린 계절은

놓쳐버린 소리를 변주해 낼 줄 아는

음계처럼

먼 길 돌아온 이 가을,

잔병처럼 날리는 꽃잎

나뭇가지 사이 스치는
한 가닥 햇살을 움켜쥐고
황사 자욱한 봄날,
여자는 죽었다
어슴푸레한 물 그늘 깊은 곳에
잔병처럼 남아 있는 생
모두 내려놓고 극점으로 떠났다
간수처럼 빠지는 삶을 잡기 위해
소금이 되고 싶던 여자,
검은 아스팔트 위로
탱탱한 소금 알갱이들이 흩어질 때
폐지 같이 날리던 시간을 접고
저녁 살강 서성이며
묘혈 속으로 떠났다

토르소

우기를 따라 이동하던 버펄로가 늪에 빠졌다
썩은 살코기로 이루어진 늪
분홍빛 내장과 눈알에서 빠져나온 검은 액체,
썩은 시체들로 적갈색을 띠고 있는 진흙 속에서
아주 오래된 초원의 발목을 붙잡고
필사의 몸부림을 치고 있는 버펄로,
겹눈의 이질적인 눈빛과
날카로운 톱니 모양의 이빨로 잠식당해
사지와 머리가 우두둑 분절되었다
버펄로 내장을 파먹고 있는
수백 마리의 회백색 무리들,
자그마한 두 개의 검은 톱니 모양의 이빨로
파먹고 있다
어둠처럼 텅 비어버린 눈으로
초원을 돌아보던 버펄로,
빼곡하게 자리 잡은 겹눈들만 버글거렸다
아주 가끔 성충이 나와
광활한 델타의 초원을 뛰어다니고 있다

구두

밤은 밤에
의자는 의자에
구두는 구두에 갇혀 있다

밤이다
나는 살며시 구두의 코를 만져 보았다
살갗도 문질러 보고 굽도 흔들어 보았다
구두의 텅 빈 육체 깊숙이 손을 넣어
너덜하게 상처 난 속살도 어루만져 보았다

깊은 밤이다
구두는 정박한 포구처럼 현관에서
닻을 내리고 잠들어 있다
온종일 파도에 시달리다 돌아온 구두가
취객처럼 잠들어 있다

아주 깊은 밤이다
나는 관처럼 보이는 구두에 맨발을 밀어 넣고

가족과 친구들을 떠올렸다

담배 연기에 뒤섞인 꽃잎이 공중으로 맴돌다 흩어지면

구두는 삶에 깃든 죽음을 기억하게 한다

아픈 밤이다

연골이 찢어진 무릎 때문에

구두 대신 운동화를 신어야 하는

아픈 무릎을 생각한다

동이 트면 운동화를 신고 투명한 날개 파닥이며

일상으로 걸어갈 것이다

구두는 땅을 사랑하듯 허공도 사랑한다

밀어내는 힘

송현지

(문학평론가)

1

유독 어떤 이에게는 입을 떼는 일이 어렵다. 말하기를 기다
리다 혀가 퉁퉁 불어도 입속에 "종유석"이 자라도 쉽게 입을
열지 못한다. 겨우 혀를 움직여 말을 밀어내어 보다가도 도로
집어넣는 시간들(「혀」). 빠르게 시집을 내는 요즘 흐름에서 등
단하고 8년 만에 내어놓은 이서윤의 첫 시집을 읽으며 든 생
각이다. 쉽게 말하지 못하는 이유란 저마다 다르겠지만 이서
윤의 경우라면 그가 어떤 상반된 힘들 사이에 있었기 때문으

로 보인다. 시집 제목인 '샴'이 가리키듯 서로 다른 성격을 갖는 두 자아의 목소리가 한 권의 시집에서 들린다. "날카로운 발톱으로" 우리의 "심장을 움켜잡는 듯" "온몸을 습격"(「샴」)하는 맹렬한 목소리가 하나라면, 다른 하나는 시들고 야윈 꽃에 "봄물"(「치자나무」)이 오르듯 아늑한 서정성에 우리를 젖어들게 한다. 한편에서는 말하기를 말리고 다른 한편에서는 말하기를 시도하는 다툼의 현장에서 결국 말하는 것을 선택하였지만 어떤 목소리로 말할지는 정하지 못하였다는 듯, 그래서 두 목소리를 모두 내어놓는 방식을 선택했다는 듯 한쪽으로 치우쳐 있지 않은 어떤 힘의 대결이 그의 시집에 펼쳐진다. 이 긴장된 공존은 무엇 때문일까. 그리고 그 힘들은 어떠한 맥락에서 대결하고 있는 것일까.

이사 오면서 구석에 놓았던

시계를 걸기 위해 벽에 못을 박았다

너무 단단해서 꿈쩍하지 않는 벽을

망치로 힘껏 내리쳤다

중심을 잃어버린 힘이

안으로 틀어가려는 못과

밀어내려는 벽 사이에서 휘청거렸다

망치로 벽을 내리치면 칠수록

더욱더 단단하게 움츠리는 벽에

수두 자국 같은 상처들이 생겼다

곰보가 되어 버린 벽과 굽은 못

팽팽한 긴장감에 숨이 막혔다

중심 잃었던 힘을 한곳에 모아

망치로 못을 내리쳤다

순간,

안으로 확 잡아당기는 벽

늪에 빠진 것처럼 못은 박혀

팽팽하던 힘의 균형은 깨졌다

삐딱하게 걸린 시계가

삐딱한 시선으로

삐딱한 시간을 말리고 있다

—「벽」전문

　벽에 못을 치는 일상적 사건을 다루는 이 작품에서 발생하는 두 차례의 긴장이 『샴』에서 이루어지는 긴장의 양태와 닮아 있기에 이를 읽음으로써 시집 속 대결의 근원을 찾아볼 수 있겠다. 이를테면 벽과 못이 서로 밀리지 않기 위해 맞서고 있을 때의 팽팽한 긴장감을 앞서 언급했던 그의 혀와 침묵 간의 대결로 인해 발생하였던 일차적 긴장이라고 말해보자. 그런데 이때의 균형은 벽에 못이 박힌 것처럼 그의 혀가 침묵을 뚫으며 이미 무너졌다. 그러자 시작되는 새로운 긴장. 그것은 시계가 삐딱하게 걸린 낯선 풍경과의 마주함이다. 이를『샴』에 빗대어 본다면, 침묵을 뚫은 후 그가 내어놓은 말이 이제 시집에서 오래 지속되는 긴장을 형성하고 있는 셈이다. 물론 이때 중요하게 짚어두어야 할 것은 투쟁을 하면서까지 그가 벽에 걸어두려 한 사물이 '시계'라는 사실이다. 이는『샴』에 전개되는 힘의 대결이 시간과 관련된 것임을 예기한다. 이미 시계의 축이 한쪽으로 기울어진 상태에서 새로이 발생하는 긴장이란 어떤 것일까.

2

시간과 관련해서라면 이서윤이 시간의 '행위'에 주목한다는 사실로부터 이야기를 시작해 볼 수 있을 것이다. 예컨대 그는 "여름은 처서에 밀리고 …(중략)… 오후는 저녁에 밀려간다"(「음 이탈」)라고 적는다. 앞서 있는 시간들을 뒤로 밀어내는 것이 그가 생각하는 시간의 운동 방식이라면, 시간에 속해 있는 우리는 그러한 작용 방식에 의해 그 다음 시간으로 사정없이 밀려난다. 거슬러 올라갈 수 없는 시간의 특성상 이미 시간의 힘에 무게의 축이 기울어진 상태로 우리는 살아가고 있는 것이다.

이러한 '삐딱한 시간'의 질서에서 이서윤이 먼저 적는 것은 시간의 우세한 힘에 대해서다. 물론, 「벽」에서 시계를 구석에 놓아두었던 것처럼 시간의 힘과 작용을 그가 매순간 의식하고 지내는 것은 아니다. 그러나 시간에 완연히 끌려가는 누군가를 목도할 때 시간의 행위는 어김없이 그에게 강한 인상을 준다. 이서윤에게 있어 그러한 순간은 주변인들의 죽음과 관련된다.

아주 오랫동안

발효될 것 같다던 그녀가

무정란의 시간을 걸러내기 시작했다

포도나무 줄기 같은 그녀가

복수 찬 배를 감싸고 병원으로 실려 갔다

갑작스런 남편의 죽음과

당뇨 합병증으로 사라지는 시력을 붙잡고

정제되지 못해 부은 발목을 보며

하루에도 수십 번,

죽음을 걸러내고 있다

얇게 퇴적되는 숨소리만 내뱉던 그녀가

허벅지와 목을 찢어 발효되지 못한 어둠을

탯줄처럼 연결된 호스를 통해

걸러내기 시작했다

피돌기 기계로 어둠처럼 가라앉은 정적을

그렇게 몇 시간 동안 걸러낸 후

아주 잠깐 안개 걷힌 오후 같다며

애써 미소 짓는 그녀 어깨너머로

석양이 물처럼 흐른다

허기진 하루가 병원 복도를 집어삼킬 때

정제되지 못한 어둠이

중환자실 창문을 더듬거리고 있다

숙성된 포도주처럼

아주 오랫동안 발효해야만 하는 그녀가

가지에 매달린 포도송이처럼

침상에 누워 피돌기를 하고 있다

—「투석」전문

　가령, 『샴』에 수록된 첫 번째 시인「투석」에서 그가 바라보는 것은 시간의 힘에 속수무책으로 내밀리고 있는 "그녀"의 모습이다. "하루에도 수십 번, 죽음을 걸러내"야 하는 병을 앓는 그녀에게 시간은 그가 숨소리조차 두텁게 쌓아둘 틈을 주지 않고 밀려오고("얇게 퇴적되는 숨소리만 내뱉던 그녀"), 이를 인위적으로 거슬러 올라가야지만("어둠을/ 탯줄처럼 연결된 호스를 통해/ 걸러내기 시작했다") "아주 잠깐 안개"가 걷히는 순간이 찾아온다. 시간과 더불어 지내며 "오랫동안 발효"되는 삶을 기대한 그녀를 시간은 생의 끝으로 일방적으로 밀어낸다. 그런 밀어냄의 끝에, 아니 밀려감의 끝에 죽음이 있음을 시인은 어머니의 경우를 가져와 담담하게 적는다.

삭풍 몰아치는 날

새끼줄 허리춤에 차고

이 빠진 낫 들고 뒷산 올라

마른 삭정이 잘라 얼기설기 묶어

허리 휘어지도록 이고 지고 오셨던 어머니

타닥타닥 마른 비명 지르며

사그라들던 삭정이가

충혈된 눈 비비며 흩어지면

군불 지피시던 어머니는

매캐함 때문인지

연신 눈가 훔치셨지

녹음 우거지던 머리카락 쓸어 올릴 때

밭이랑 같은 주름 속에 숨겨진

여섯 송이 저승꽃

활처럼 굽어진 육신 펴지 못한 채

처마 끝 고드름처럼 툭 떨어져

서러움은 강이 되었지

—「이별」 전문

바람이 몰아치듯 어머니에게 불어닥친 세월의 바람이 그녀

의 생을 어떻게 마르게 하고 사그라들게 하였는지, 그러다 어
느덧 "고드름처럼 툭 떨어져" 버린 서러운 생에 대해 그는 연
민을 담아 쓴다. 어머니의 "녹음" 같던 머리카락과 "밭이랑"
같던 주름, "저승꽃" 같던 검버섯이 어떻게 사라졌는지, 고드
름처럼 맺혀 있던 어머니의 서러움이 어떻게 다시 강으로 흘
러갔는지에 대한 그의 서술은 죽음 이후 생명의 또 다른 움직
임에 대해 생각해 보게 하는 아름다운 문장들이다. 이러한 서
정성은 그가 시간에 떠밀려 가는 그녀들을 시종 식물에 빗댐
으로써 극대화된다. 투석하는 그녀의 모습을 두고 "포도송이"
처럼 피돌기한다고 말하거나 어머니의 신산한 삶을 앞서의 식
물에 더해 "마른 삭정이"와 같은 것들을 동원하여 빗댈 때, 자
연의 이법을 순하게 따르는 이들의 처연함이 그대로 전해지는
것이다.

3

그런데 이러한 서정적 문체가 돋보이는 또 다른 이유는 『샴』
의 한편에 그와 완전히 다른 목소리의 시들이 있기 때문이다.
단순함을 무릅쓰고 말해보건대, 이는 동물적인 상상력으로 무
장한 작품들이라 할 수 있다.

허기 한 줌 단단히 말아 쥔 늙은 개가

앞발을 턱에 괸 채

눈꺼풀과 사투를 벌인다

그르렁거리는 허기도

한껏 늘어진 채 빈 그릇과 사투를 벌이고 있다

밥이 담겨 있는 동안 보이지 않는

가로등 불빛이

빈 공간을 차갑게 빛을 발하듯

졸린 눈으로 파리가 달려들었지만

앞발을 턱에 괸 개는 움직이지 않고

빈 그릇에 허기만 깊어 간다

눈꺼풀과 사투를 벌이던 늙은 개가

늘어진 다리를 세우며 일어나

비어 있는 그릇 가장자리를 샅샅이 핥아

혀와 목구멍 속으로 밀어 넣는다

우렁차게 짖던 소리는

그릇 가장자리에 앉아 있는

빈 위장 속 허기를 노려보고 있다

한참을 울부짖던 허기는

찌그러진 그릇 가장자리를

빙빙 돌다 앞발을 턱에 괴고 누워버렸다

빈 그릇에 부딪혀 가늘게 떨리던

개의 울부짖음이 바닥으로 떨어졌다

　　　　　　　　　　　　　　　　　　　—「개밥그릇」전문

　이 시에서 시인은 어느 늙은 개를 관찰하며 개가 허기와 눈
꺼풀과 사투를 벌이는 움직임에 대해 공들여 묘사한다. 허기
가 깊어 파리를 쫓을 힘조차 없지만 개가 "늘어진 다리를 세우
며 일어나" 빈 그릇을 샅샅이 핥는 행동 같은 것. 개의 허기는
존재를 몽땅 차지할 만큼 커서 시인은 차라리 개를 허기라고
도, 허기로 인한 울부짖음이라고도 가리킨다. 상태와 행위가
주어의 자리에 놓이며 본능과 생의 욕망만이 남은 개의 상태
는 더욱 선명히 드러난다. 개의 울부짖음이 바닥으로 떨어지
며 앞으로의 운명을 예견하게 하긴 하지만 끝까지 고투하는
개의 모습은 강렬한 잔상을 남기는 것이다.
　「검은 고양이」에서도 시인은 마치 자신의 모든 것을 내걸
어 생을 이어가려는 듯 "가로등을 할퀴"고 "비닐을 찢고" "빈
병과 빈 깡통을 날카롭게 쏟아 내"며 새벽을 찢는 고양이를 그
린다. "꽁치 한 조각"을 얻기 위해 새벽 골목을 휘젓는 고양이
의 모습을 그는 "발톱에 찢겨진 너덜한 새벽을/ 봉숭아 꽃물
처럼 붉게 물들이고 있다"고 서술함으로써 고양이가 시간에
떠밀리고 있는 것이 아니라 오히려 저러한 행동을 통해 시간
보다 앞서 아침을 오게 하고 있음에 주목한다. 시간에 꼼짝없
이 밀려가는 앞선 시의 그녀들과 달리 이런 작품들에서는 시

간의 흐름에 적극적으로 대항하는 늙은 개와 고양이의 행위가 집중적으로 그려지는 것이다. 다소 거친 서술이겠지만 시인이 이처럼 생에 대한 의지로 충만한 행위를 하는 주체를 동물로 삼는 것은 존재를 밀어내는 시간의 거센 힘에 대항하기 위해서는 그에 걸맞은 야수성이 필요하다는 말처럼 여겨지기도 한다. 생을 지키기 위해서는 얼마간 공격적이어야 한다는 듯. 생의 욕망을 동물적 상상력을 동원하여 그림으로써, 다루는 장면에 못지않은 거칠고 강렬한 목소리가 이처럼 그의 시집 한 편에서 울리고 있다.

그렇다면 이서윤 시집의 긴장은 우리를 밀어가는 시간과 이에 밀려가지 않기 위한 힘겨루기에서 발생한다고 해도 되지 않을까. 생의 끝자락에 다다른 듯 소진된 이들을 다루는 시편이 시간의 우세한 힘을 보여준다면, 공격적이라 여겨질 만큼 생에 대한 욕망으로 가득 찬 이들은 수평이 기울어진 상태에서도 악착같이 그에 대결하고 있다고. 한 권의 시집에서 들리는 상반된 두 목소리는 바로 이러한 긴장의 양상에서 비롯되는 것이다. 그렇다면 그는 시간 속에서 밀려가며 사는 것과 밀려감을 필사적으로 밀어내며 사는 것을 나란히 배치함으로써 어떤 이야기를 하고 싶었던 것일까.

시간이 세상의 벼랑까지 우리를 밀어낸다면 그것은 죽음이
고 이런 시간의 움직임에 조금이나마 맞서는 것이 삶이라고
한다면, 시인은 우리가 "삶과 죽음의 경계에 서서"(「검은 달」)
죽음과 생 사이를 오가고 있음을 보여주고자 했다고 일단 말
할 수 있겠다. 이미 결말이 예정된 이 겨룸에서 시간은 순식간
에 우리를 죽음 쪽으로 밀어낼 수도 있기에 우리는 언제나 긴
장 상태에 놓여 있으며 결국 죽음과 함께 살아가고 있음을 그
가 이야기하고자 했다고도. 시인은 「구두」에서 현관에 놓인
구두를 '정박해 둔 관'에 빗대지 않았던가. 자신의 관을 미리
만져 보듯 구두를 만지며 그는, 우리가 배의 갑판에 올라 항해
하고 있는 것처럼 보이지만 사실은 "칠성판"(「회다지」) 위에서
파도에 밀려가고 있다는 것을 말하고 싶었는지 모르겠다.

그러나 이것이 전부는 아니다. 우리가 죽음과 함께 살아간
다는 것을 그의 전언이라 말하는 것은 「토르소」를 읽은 후에
는 조금 단편적인 결론처럼 여겨진다.

> 우기를 따라 이동하던 버펄로가 늪에 빠졌다
> 썩은 살코기로 이루어진 늪
> 분홍빛 내장과 눈알에서 빠져나온 검은 액체,
> 썩은 시체들로 적갈색을 띠고 있는 진흙 속에서

아주 오래된 초원의 발목을 붙잡고

필사의 몸부림을 치고 있는 버펄로,

겹눈의 이질적인 눈빛과

날카로운 톱니 모양의 이빨로 잠식당해

사지와 머리가 우두둑 분절되었다

버펄로 내장을 파먹고 있는

수백 마리의 회백색 무리들,

자그마한 두 개의 검은 톱니 모양의 이빨로

파먹고 있다

어둠처럼 텅 비어버린 눈으로

초원을 돌아보던 버펄로,

빼곡하게 자리 잡은 겹눈들만 버글거렸다

아주 가끔 성충이 나와

광활한 델타의 초원을 뛰어다니고 있다

—「토르소」 전문

물론 시에서 다뤄지는 "버펄로"의 죽은 내장을 파먹는 무리
는 삶과 죽음이 아주 가까이 있다는 사실을 보여주는 또 다른
예시이며, "필사의 몸부림"을 쳐도 "톱니"가 맞물려 움직이는
시간의 늪에서 벗어날 수 없는 버펄로의 모습은 시간의 불가
역성을 보여주기는 한다. 그런데 여기서 시인은 삶의 욕망이
나 살아가는 힘이 어디에서 나오는가를 좀 더 보여주고 싶은

듯하다. "수백 마리의 회백색 무리들"의 버글거림과 그 속에서 "성충"이 나오는 모습을, 죽음을 자양분으로 삼는 그들의 모습을 그는 자세히 그린다. 그에 기대어 말해볼 때, 저 무리들이 (버펄로의) 죽음을 통해 살아가는 힘을 얻는다고 한다면 우리 역시 죽음과 대적하고만 있는 것이 아니라 오히려 죽음을 필사적으로 밀어내는 힘으로 살아가는 것은 아닐까. 그러니까 죽음을 밀어내는 힘이 살아가는 동력이 되는 것. 이것이 생에는 "생명의 냄새"만이 나는 것이 아니라 "동시에 죽음의 냄새"(「삶」)가 난다는 그의 서술에 대한 최종적인 주석이다. 삶에 깃든 죽음과 죽음에 깃든 삶을 밝으며 그가 걷자, 죽음의 깊은 늪에서 나와 뛰어다니는 살아 있는 말들을 우리는 읽는다. 그가 자신의 구두를 만지는 동안 우리 역시 그의 구두口頭를 만져 보았다. ▨

┃ 이서윤 ┃

1967년 충남 천안 출생. 2016년 『시사사』로 등단했으며, 제9회 동서
커피문학상 맥심상을 수상했다.

이메일 : gpfmcp2@naver.com

현대시 기획선 98
샘
초판 인쇄 · 2024년 4월 30일
초판 발행 · 2024년 5월 5일
지은이 · 이서윤
펴낸이 · 이선희
펴낸곳 · 한국문연
서울 서대문구 증가로29길 12-27, 101호
출판등록 1988년 3월 3일 제3-188호
편집실 ┃ 서울 서대문구 증가로31길 39, 202호
대표전화 302-2717 ┃ 팩스 · 6442-6053
디지털 현대시 www.koreapoem.co.kr
이메일 koreapoem@hanmail.net

ⓒ 이서윤 2024
ISBN 978-89-6104-353-3 03810

값 12,000원